RECONNAISSANCE

DE LA

CHATELLENIE DE ROQUEFIXADE

FOIX

TYPOGRAPHIE VEUVE POMIÈS

1883

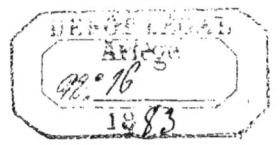

RECONNAISSANCE

DE LA

CHATELLENIE DE ROQUEFIXADE

FOIX

TYPOGRAPHIE VEUVE POMIÈS

1883

Tiré à six exemplaires,

dont deux pour les collections nationales.

RECONNOISSANCE

DE LA CHATELENIE DE ROQUEFIXADE

L'an 1672 et le 10 avril, dans le lieu de Roquefixade, en Languedoc, seneschaussée de Limous, diocese de Pamiers. Nous, Me Bernard Riviere, advocat en parlement, commissaire subdelegué pour la confection du papier terrier de la Chatelenie dudit Roquefixade, assisté de Me Bernard Manhiaval, substitut de Mr le procureur general en la commission de la confection du papier terrier en la province de Languedoc, et de Me Pierre Canal, nostre greffier, nous serions transportés, 2 heures apres midi, a la place dudit lieu de Roquefixade ou la Communauté a accoustumé de s'assembler, pour proceder au fait et execution de nostre commission, ou estant arrivés, nous y avons trouvé :

Raymond Lasoube,

Joan Sicre Popiel,

Joan Sicre Taverne,

Dominique Galy,

et Joan Delteil, consuls de ladite Chatelenie, ayant leurs livres ; lesquels nous auroient dit que, sur ce que nous leur aurions fait scavoir qu'il falloit qu'ils fissent assembler ladite Communauté, pour l'execution de nostre commission, ils auroient eu un soin tout particulier d'en advertir et faire advertir les principaux et les plus anciens et plus esclairés habitans de ladite Chatelenie, et que, pour cet effet, ils se présentoient avec :

Me Joan Fonta, procureur du Roy en ladite Chatelenie,

Me Joan Grifoul,

Jean Sarda,

Jamme Riviere,

Jean Moulins,

et Joan Laseube, advocat au siege royal de ladite
Chatelenie,

Bertrand Sicre,

Jean Costoseque de Baraignou,

Dominique Contè,

Jean Lagrange,

Jean Bastide,

Bernard Seré,

Gaspar Seré,

Jean Autier,

Raymond Alard de Soula,

Bernard Canal,

Jean Sicre,

Jean Delteil dit Pastouly,

Jean Dunac,

Guilhem Calzan,

Joan Canal,

Pierre Carol,

Pierre Authier,

Abraham Sicre,

Guilhem Seré,

Gaspar Otromen,

Jean Salunac dit Chimbaudon,

et plusieurs autres, pour tesmoigner qu'ils sont bons serviteurs et fidelles vassaux de Sa Majesté, et tout disposés d'obéir au fait de nostre commission contenant l'intention de Sa dite Majesté.

Et sur ce, ayant pris place suivant l'ordre ordinaire, nous aurions represanté a ladite assemblée que le Roy ayant fait dessein de faire proceder a la confection du papier terrier dans tout son Royaume, Il auroit pour cet effect nommé pour commissaires en cete province :

Monseigneur de Bezons, chevalier seigneur de Bazin, conseiller ordinaire du Roy en ses conseils d'estat et privé, intendant de Justice, Police et Finances de ladite province de Languedoc,

et Messieurs Pierre de Fleury, conseiller du Roy, tresorier general de France au bureau des finances de Montpelier,

et Nolit, aussi conseiller du Roy et tresorier general de France au bureau des finances de Tolose.

Lesquels n'ayant peu vaquer au fait de la commission dans la generalité dudit Tolose et Montpelier, et notlament ledit seigneur de Bezons, a cause des grandes et importantes affaires de Sa dite Majesté qui l'occupent incessament, il nous auroit fait l'honneur de nous commetre et subdeleguer par ordonnance du 19 septembre dernier, dans l'estendue de ladite Chatelenie de Roquefixade, avec ledit Me Bernard Manhaval en qualité de substitut dudit Sr procureur du Roy en ladite commission, et pour l'execution d'icellé, nous aurions fait publier et afficher aux Esglises parrocholes de Roquefixade l'ordonnance rendue par lesdits Srs commissaires, ensemble autre ordonnance par nous donnée sur la confection dudit papier terrier , lesquelles publications furent faites le 29 novembre, 13 et 20 décembre derniers, jours de dimanche, et en la maniere accoustumée, resultant des proces verbaux desdites publications et affiches remis devers nous.

En mesme temps, nous aurions prins et receu le serment desdits cinq consuls et de leurs dits assistants, lesquels l'un apres l'autre, les mains mises sur les saints évangiles, auroint promis et juré de dire la verité sur tout ce que nous aurions à leur demander.

Apres quoy, en presence des susnommés assistans de la dite Chatelenie nous aurions vouleu commencer de faire les interrogats suivans auxdits consuls qui sur cella nous auroint representé qu'ils estoient ignorans et illettrés et que pour cet effect ils nous supplioint tres humblement de vouloir recevoir leurs responces des interrogats que nous aurions a leur faire par l'organe de Mᵉ Joan Fonta, procureur du Roy en ladite Chatelenie de Roquefixade et leur juge par provision, les charges de juge et de lieutenant n'estant pas remplies, ce que nous aurions trouvé juste et legitime et pour d'autant plus faciliter l'execution de nostre commission et qu'il fut respondu plus precisement et avec plus de connoissance aux interrogats que nous aurions a leur faire , nous aurions interrogé ledit Sʳ Fonta en presence desdits consuls et assistans.

Premierement , s'ils scavent l'origine de Roquefixade et si c'est un chef lieu de Comté, Vicomté, Baronie ou Chatelainie ou dépendant d'un autre ou de quelque judicature.

Ont respondu par l'organe dudit Sʳ Fonta, assisté desdits consuls et assistans que ledit lieu de Roquefixade est un fort chetif et miserable lieu, ne consistant qu'en 70 ou 80

maisons, lequel a esté brullé et demoly par les guerres passées, suivant qu'ils ont ouy dire a leurs auteurs, et que,
selon qu'on leur a fait entendre par leurs privileges qui sont
en latin, et qu'on leur a expliqués en françois, le lieu de
Roquefixade estoit autrefois une ville, appelée Labastide de
Montfort, que Simon Briseteste, chevalier du Roy et son
seneschal de Carcassonne et Beziers avoit fait bastir pour le
Roy sur une petite eminance et sous le chateau de Roquefixade, a l'honneur de la sainte foy et pour l'extirpation des
heretiques ; et qu'il auroit laissé ladite ville et les habitans
d'icelle au pouvoir de Sadite Majesté et auroit ordonné qu'ils
seroint regis par prevost et juge qu'on y establiroit et qu'en
cete considération ils jouiroient des libertés, franchises, au
long exprimées dans lesdits privileges a eux concedés par
ledit Simon Briseteste, surtout l'immunité des tailles, leude,
peage et autres droitz, lesquels privileges ils n'ont point
en leurs mains pour avoir esté brullés par les gens de
guerre ; partant, disent que ledit lieu de Roquefixade doit
estre consideré comme une Chatelenie et ne dépendant
d'autre.

Interrogés quelle est l'estendue de leur consulat.

Respondent que, prenant l'estendue de ladite Chatelenie
en partant de la riviere de Pissobaquo et du costé d'orient
jusques au lieu de Caraibat qui est du costé du couchant, il
y a une lieue et demy de longueur, et de l'astres bousenos,
qui est du costé d'Aquilon jusques au Picou de Fraissinet
qui est du costé du midi, il y a une grande lieue de largeur.

Interrogés si le Roy est seul seigneur haut, moyen
et bas.

Respondent qu'ils n'ont jamais reconnu ni ouy dire a

leurs ancestres qu'il y eust d'autre seigneur haut, moyen et bas que le Roy et que, partant, soutiennent que c'est le Roy seulement qui a toute justice haute, moyenne et basse dans la Chatelenie.

Si le Roy est le seul seigneur direct et foncier dans ladite Chatelenie.

Respondent n'avoir jamais payé aucuns droitz ni rendu aucuns devoirs seigneuriaux a autre seigneur qu'au Roy et, partant, soustiennent que le Roy est seul seigneur direct et foncier.

Interrogés si le Roy auroit fait autrefois proceder aux reconnoissances de ladite Chatelenie.

Respondent estre veritable qu'en l'année 1554 le Roy auroit deputé Me Pierre du Chateau pour la confection du papier terrier de ladite Chatelenie et qu'ils ont en leurs mains des extraits des reconnoissances qui furent faites dans ce temps-la, expediées et signées par Devidia, notaire et greffier en ladite commission, et qu'ils payent annuelement au Roy la censive de leurs terres reconnues a raison de six deniers par cesterée pour quelques-unes, et que d'autres paient la censive en bled et gelines, suivant qu'il est couché sur le levoir tiré desdites reconnoissances.

Si le Roy a chateau ou maison dans ladite Chatelenie.

Respondent que Sa Majesté possede un chateau qui est situé sur la pointe d'un rocher dominant ledit lieu de Roquefixade, lequel a esté demoly, par ordre de Sa Majesté, depuis longues années.

S'il y a chatelain.

Respondent qu'il y a quelques années que Sa Majesté

l'auroit depossedé par arrest du Conseil, bien que la fondation de Simon Briseteste porte qu'ils seront regis par prevost et juge.

S'il y a juge dans la Chatelenie.
Respondent comme ils ont desja dit que les charges de juge et de lieutenant n'estant pas remplies, ledit Me Joan Fonta, au nom du Roy, exerce ladite justice.

Interrogés d'ou ils ressortissent.
Respondent qu'ils sont ressortables du seneschal de Limous.

S'il y a bailé.
Respondent qu'il y en a eu autrefois, mais qu'il n'y en a pas presantement.

Quel droit prend le Roy sur les bailies pour les saisies et executions du fonds et fruitz.
Respondent que les sergens en prennent 5 solz et que l'on payoit au bailli, lorsqu'il assistoit aux saisies des cabaux, meubles ou denrées tant seulement, certain droit, ne sachant combien.

S'il y a des prisons royalles et qui en prend les emolumens.
Respondent qu'il n'y en a pas presentement et que, auparavant, elles estoient dans ledit chateau, ne sachant point qui en prenoit les emolumens.

Sur quel pied on paye le lodz des directes, achaps, eschanges et ongagemens au seigneur.

Respondent qu'ils payent le douziesme ; et pour les eschanges, lorsqu'il y a retour, payent sur le même pied.

A combien est l'amande de l'espanchement de sang.
Respondent qu'ils payent 5 livres à Sadite Majesté.

A qui appartient la confiscation en cas de crime et condamnation.
Respondent qu'elle appartient au Roy.

S'il y a foretz ou bois de haute fustaye ou bois taillis ou des pasturages et communaux.
Respondent qu'il n'y en a point et ne scavent point s'il y en a eu ; pour les pasturages et bois taillis, ils disent leur avoir esté vendus par les commissaires de Sa Majesté à 65 fleurins, et demandent dellay pour les justifier, ayant leurs titres entre les mains du sieur Gaillard, commissaire subdelegue de mons^r de Froideur, maistre des eaux et foretz ; et pour les communaux, ils ne scavent pas y en avoir.

Si le Roi a des vaccans dans ladite Chatelenie.
Respondent que le Roy y en a plusieurs, ne scachant la contenance, et mesme disent que plusieurs particuliers seigneurs s'en sont emparés et en ont baillé une grande partie en infeudation à divers particuliers ; et outre cella, se sont emparés de diverses terres voisines desdits vaccans qui ont esté autrefois reconnus à Sa dite Majesté ; et mesme ils pignerent le bestail desdits habitans allant faire depaistre auxdits vaccans et leur font payer de grosses amandes, et surtout le seigneur de Montlaur, du costé de sa terre et consulat de Leichert, Chatelenie de Roquefixade, et le sei-

gneur de Celles, du costé du Puy de Montcamp, la Barrieres et la Barthe du consulat de St-Cirac, de la mesme Chatelenie, et certains habitans de Pereille et Ilhac, du costé du consulat de Roquefixade, voisinant la terre du seigneur de Mirepoix, et s'en informeront pour en faire le raport.

Si le Roy a du fonds en son particulier dans ladite Chatelenie.

Respondent que le Roy a un jardin dans l'enclos dudit chateau et deux preds dans ladite Chatelenie, l'un estant situé sous la fontaine dite del Rieu, contenant 3 quarterées 5 rusquetz, et l'autre, audit lieu, contenant 3 quarterées 6 rusquetz.

S'il y a dans ladite Chatelenie aucuns Gentilshommes homagers du Roy et s'ils y ont des fiefs.

Respondent n'y en avoir aucun, le Roy estant seul seigneur direct et foncier dans toute la Chatelenie, en vertu de quoi il peut establir censive sur les pieces qui se trouveront n'en faire point, a raison de 6 deniers par cesterée.

S'il y a des biens possédés par gens de main morte.

Respondent que les Eglises dudit Roquefixade et du lieu de Soula possedent certains biens en fonds qui ont esté reconnus au Roy et qui sont d'une petite consistance ; et que le recteur dudit Roquefixade possede un jardin de la contenance d'un boisseau et un champ de la contenance de 2 mesures qui ont esté autrefois reconnus au Roy.

S'il y peage, droit de poidz, des mesures, des boucheries, de bancage aux hales et autres droitz.

Respondent qu'il y a droit de peage qui se prend aux

lieux de Nalzen et Roquefixade sur le bestail estranger et sur leurs denrées, et que les habitans de ladite Chatelenie, suivant leurs privileges, en sont exempts, qu'il n'y a point de hales ni boucherie ; et pourtant, quand quelque particulier vient a tuer bœufs ou vaches, le fermier du Roy prend la langue ; et de chaque pourceau, un pied.

De combien est composé l'arpant, le poids, l'aunage, les mesures du bled et du vin.

Respondent que l'arpent est composé de 40 canes carrées, le poids et l'aunage comme à Carcassonne, les mesures du bled comme a Tolose, et les mesures du vin, mesure du Comte Raymond.

S'ils ont des marchés et foires.

Respondent n'y avoir point des marchés ; pour des foires, qu'il y en a deux chaque année, scavoir : l'une à la St-Jean-Baptiste, et l'autre à la St-Martin.

S'il y a four, forge ou moulins banaux et moulins a vent.

Respondent que, suivant les privileges, les fours et moulins estoient au Roy, lesquels estant demolis et ruinés, chaque particulier, suivant la coustume du pays, paye anuelement au Roy 1 sol 6 deniers pour la faculté de faire et tenir four dans sa maison ; pour les moulins, il y a 5 ou 6 particuliers qui en ont basti par permission de messieurs les commissaires du Roy, et qu'il y a un seul particulier qui possede un moulin a vent qui est ruiné et ne travaillant plus et qu'il dit l'avoir en infeudation desdits commissaires ; et n'y avoir des forges.

Combien de notaires il y a dans le lieu de Roquefixade.

Respondent qu'il n'y en a qu'un et qu'il n'y en peut avoir d'autre dans toute la Chatelenie, suivant leurs privileges, devant lequel tous les actes doivent estre passés, a peine de faux.

S'il y a greffe et qui en prend les emolumens.

Respondent qu'il y en a un et que le Roy en prend les emolumens.

Combien de consuls il y a, par qui sont-ils creés et devant qui ils prestent leur serment; s'ils portent livrée et robe.

Respondent qu'il y a 5 consuls portant livrée et non pas robe, qu'ils sont creés par le Conseil politique et prestent le serment devant le juge du lieu et que, quand il y avoit un chatelain, ils le prestoint devant luy.

Si les consuls ont greffe, police, s'ils se servent de sceau et a qui il apartient.

Respondent n'avoir ni greffe ni police et que, autrefois, ils en avoient; qu'ils ont un sceau duquel ils se servent pour la police sans en prendre aucun emolument.

Combien y a-t-il de lieux qui composent ladite Chatelenie.
Ont dit y en avoir 7, scavoir:
Les lieux de Roquefixade,
        Saint-Martin,
        Nalzen,
        Leychert,
        Saint-Cirac,
        Soula,
        Enriviere,

outre plusieurs autres hameaux et metteries deppendants de ladite Chatelenie.

Disent davantage qu'ils ont ouy dire que le Roy et la Communauté possedent beaucoup d'autres droitz qui sont au long exprimés dans les privileges a eux concedés par Simon Briseteste, fondateur de la ville ancienement dite Labasti-de de Montfort, qui est presantement appelée le lieu de Roquefixade, surtout en ce qui concerne l'exemption des tailles, leuds, peages et autres droitz, lesquels privileges ils n'ont pas en leur pouvoir a cause qu'ils furent brullés par les guerres passées, ce qui est la cause que, dans les consulats de Leichert et de Saint-Cirac, payent taille.

Avons enjoint aux dits consuls et assistans a ladite assemblée generalle qui scavent signer de vouloir signer les presentes responces avec nous, ce qui a esté fait et executé dans la susdite place de Roquefixade ledit jour 10 avril 1672.

> Rivière, commissaire,
> Manhiaval, procureur du Roy,
> Laseube, consul,
> De Fonta, procureur du Roy en la Chatelenie,
> Grifoul,
> Sarda,
> Laseube,
> Lagrange,
> Riviere,
> Costeseque,
> Conte,
> Sicre,

Molins,
Bastide,
Seré,
Canal, greffier, signés.

Extrait de son orignal estant dans les archives du Roy en la cité de Carcassonne.

Collationé par nous Anthoine Bolichon, docteur en droitz et garde desdites archives, soussigné, le 8 mars 1673.

BELICHON,
garde des archives.

Pour les Communautés de la Chatelenie de Roquefixade.

179

www.ingramcontent.com/pod-product-compliance
Lightning Source LLC
Chambersburg PA
CBHW061620180626
46818CB00005B/2167